제목

아직

미정입니다만

FOREST
WHALE

차 례

1. 어린 시절의 햇살

2. 미묘한 감성의 빛

3. 어둡지만 빛날

4. 핑크빛 상처

5. 별빛 달빛

6. 미지의 빛

들어가는 말

제목을 정하는 일은

마치 모든 것을 한마디로 요약하는 것 같아서

아직 정하지 못했습니다.

다하지 못한 말처럼, 다하지 못했던 마음처럼

끝맺음에 서투르고, 어떤 방향으로 흘러갈지 모르는 인생처럼,

오늘도 어디론가 가고 있지만 명확하지 않은 하루를 보냅니다.

이러한 미정의 발걸음들을 담아서

그런 순간, 순간의 끄적임을 적고 모아봤습니다.

사실, 많이 부족합니다.

항상 노력하지만, 그런데도 자주 자신이 없습니다.

하지만, 이 부족함이 바로 오늘을 노력할 수 있는 이유이며

내일의 성장을 기대하게 하는 원동력입니다.

때로는 상처를 준 것 같습니다.

나도 모르는 사이, 소중한 사람들에게 마음의 짐을 준

것 같아 부담을 준 것 같아 가끔은 마음이 무겁습니다.

하지만, 소중한 사람들, 지나간 인연들 모두

사랑하고 추억하고 기도합니다.

그대들의 발걸음이 가볍기를 앞날의 기쁨이 환하기를.

많이 고민합니다.

옳고 그름인지 정답이 무엇인지

틀린 것인지 아니면 다른 것인지 사실 잘 모르겠습니다.

세상에는 많은 답들이 있는 것처럼

살아온 인생이 다르기 때문에 오늘도 고민합니다.

다름을 틀림으로 받아들였는지는 않는지

조심스레 모아온 생각과 감정들을 담아 끄적임을 모아

봤습니다.

비록 거창하지는 않더라도,

이를 보고 있는 그대에게 앞으로의 발걸음을 옮길 수 있는 조금이나마 힘이 될 수 있다면 좋겠습니다.

고민을 함께 나누고, 작은 끄적임으로나마 동행할 수 있다면,

그것만으로도 큰 행복을 느낄 것 같습니다.

응원하겠습니다.

넘어지더라도

앞으로 더 나아가기를

지금은 어둠일지라도

앞으로 더욱 빛나기를

추운 겨울이라도

앞으로 봄을 기대하기를

-한스

1.
어린 시절의 햇살

마음의 빛

먼저 어른이 되어야 하는 내 마음이 무거웠어
평범하기에는 너무 빛났던 그 빛을
감당하기에는 세상이 너무 어두웠나 봐
그 빛을 감당하기에는
내가 아직 자라고 있었나 봐

돌아보니 그 빛이
자라날 수 있는 빛이 됐나 봐
세상을 넓게 볼 수 있는 힘
다름을 인정할 수 있는 힘
포용할 수 있는 힘

특별한 빛을 내뿜는 누나의 눈동자
이제는 나도 그 빛을 마주하고
힘이 될 수 있는 사람
가족을 더 돌아 볼 수 있는 사람
빛을 빛으로 만들어 갈게

무심코 지나친 마음

너무 가까이에 있어서
너무 당연하다고 생각했나 보다
말을 안 해도 안다고 생각했나 보다
그 마음을
가까워서 멀어졌나 보다
솔직하지 못했고
말하지 못한
그냥 그렇게 지나치고 싶었나 보다
그 마음을

지나쳤던 그 순간들
흘러가는 시간 속에서
담지 못했던그 마음들

무심코 지나친 마음
이제야 말합니다.
사랑하고 감사합니다.

그때는 몰랐다

그때는 몰랐다
왜 그랬는지

그냥 관심을 받고 싶었나 보다
그냥 너가 좋았나보다
그런데 왜 반대로 그랬는지

짓궂은 장난
놀리기
하지 말라는 말에
더 했던 그런 모습
그때는 몰랐다

좋아해서 그런다는 것을
돌아보니 보였던 것들
그때는 몰랐다
그런 모습이

가출의 메아리

도망치고픈 마음이었어,
현실의 그늘에서 벗어나고 싶어서.
감당하기 버거운 순간들에,
무작정 떠나고 싶었던 거야.

친숙했던 집을 뒤로한 채,
미지의 거리로 발걸음을 옮겼지.
차가운 밤공기 속, 억울함을 외치며
도망치고픈 마음이었어

억울함 속에서 메아리로 돌아오는
내 목소리가 들려와.
내 어리석은 도피를,
그 소리가 말해주었어.

아마도, 그저 도망치고 싶었나 봐.

맞서 싸우고 해결하는 법을

몰랐던 걸까.

몰랐던 걸까.

그냥 도망치고픈 마음이었어

숨바꼭질

학교 조명 아래,
문틈으로 복도의 어둠을 헤치고
자유를 향해, 발걸음을 옮겼다.

숨바꼭질, 그림자에 숨어
발소리를 숨기며
숨소리마저 숨기며
잡힐 듯 말 듯,

야간의 새들,
어둠 속에서도 길을 찾는 별들
시험지와 인강을 피해
선생님을 피해
자유를 향해

잡힐 듯 말 듯
그 긴장감을 즐기며

평범한 꿈

판사, 검사, 의사, 대통령, CEO, 파일럿,
어린 시절, 나는 꿈이 가득 차 있었다.
누구나 한 번쯤 동경하는 화려한 직업들,
위대한 이야기 속 주인공처럼
언젠가 나도 세상에 이름을 남기리라 믿었다.

돌아보니, 그 원대했던 꿈이
단순한 '할 수 있다'는 믿음에서 비롯되었음을 안다.
그 시절, 우리가 모두 그렇게 믿었다.
그러나 시간이 흐르며, 현실의 무게를 짊어지고
그 꿈이 실은 얼마나 거대했는지를 깨닫는다.

그럼에도 불구하고, 나는 꿈을 잃지 않았다.
이제는 평범하게, 남처럼 살아가는 것이
내 삶의 목표가 되었다.
직장을 다니고, 가정을 꾸리고, 평온한 일상을 살아가는 것,

그것이 나에겐 가장 큰 도전이자, 꿈이 되었다.

원대한 꿈을 품었던 시절, 나는 몰랐다.
평범한 삶을 살아가는 것이 얼마나 소중하고,
때론 얼마나 어려운 일인지를.
남처럼 평범하게 살아가는 것이
얼마나 평범하지만 얼마나 크고 원대한 꿈인지를

2.

미묘한 감성의 빛

너라는 로또

로또 당첨 확률이
814만 5,060분의 1이래.

근데
대한민국에서 너를 만날 확률이
5,155만 8,034분의 1
지구에서 너를 만날 확률이
80억 4,531만 1,447분의 1이야.

보고 싶다는 말 대신

새해 복 많이 받아!

생일 축하해

밥 먹었어?

뭐 하고 지내?

요즘 바빠?

그때 하기로 한 건 잘하고 있어?

나는 여전히 그냥 지내,

부담이 될까 봐

도망갈까 봐

그냥,

이렇게라도

보고 싶다는 말 대신

보내봐

사실 그냥 보고 싶다고 말하고 싶을 뿐이야

소개팅

안녕하세요로 시작해서
오빠는 좋은 사람이지만으로
끝나는

어색과 침묵
드립과 무리수
자신의 색이 아닌
만들어지는 색으로 만나는

야구의 삼진 아웃처럼
안타인가 아웃인가
세 번의 만남으로 결정되는

나든, 너든, 어떤 쪽이든

알쏭달쏭

알쏭인 줄 알았는데
모르겠쏭이었나보네

알쏭달쏭인 줄 알았는데
죄송이었네

아리송한 마음
나 혼자만 그런 건가

알쏭달쏭
그 마음은
나는
알 수가 없송

인스턴트

전자레인지에 30초,
끓는 물에 단 1분.
손쉽게, 순식간에 만나는 맛,
그러나 자극적이고 중독적인 그 맛처럼

클럽의 화려함 속 한 번,
모임의 지나친 경쾌함 속,
한 번의 만남, 또 한 번의 인사,
손쉽고 빠르게, 순간의 번뜩임.

하루를 함께 노닐거나,
아니면 그저 빠르게 한 번 보고,
다음을 기약 없이 마무리,
손쉬움에 바로 접어버리는 관계.

인스턴트처럼 가볍고,

쉽게 소비되는 우리의 만남.

자극적이지만 빠르게 사라지는,

쉽고 빠르고, 잊히는 그 감정.

우리의 관계도, 인스턴트처럼,

손쉽고, 빠르며, 자극적으로 변했다.

진정한 맛과 영양을 잃어가며,

관계의 진정성마저 희미해지면서

연애 상담

그냥 들어줘
그냥 내 맘을
사실 네가 뭐라고 하든
상관없어

그냥 들어줘
그냥 내 맘을
사실 그냥 그랬다고

나도 사실 알고 있지만
그냥 말하고 싶어

나도 사실 답을 정했지만
그냥 말하고 싶어

그냥 들어줘
그냥 내 맘을

마음의 온도, 그에 따라 사람이 온다.

마음의 온도, 그에 따라 사람이 온다.

20도에 마음을 가진 사람에게는 20만큼의 따스함을

100도의 마음을 가진 사람에게는 100만큼의 열정을

모두 다 줄 수 있지만

품지 못하는 마음에 온도는

오는 사람도 막는다.

뜨거운 사랑의 화염부터 서늘한 거부,

심지어 영하의 마음의 온도까지

너의 마음의 온도는, 나의 온도는 몇 도일까?

마음의 온도, 사람을 그리는 법

마음의 온도, 그에 따라 사람이 온다.

그런 사람

나는 그런 사람인가 보다.

너무 진지하거나

너무 가볍거나

너무 차갑거나

너무 뜨겁거나

0 아니면 100인 사람

너에게는

너무 뜨거우면 부담스러울 것 같고

너무 차가우면 무관심일 것 같고

너무 진지하면 가라앉을 것 같고

너무 가벼우면 날아가 버릴 것 같아서

모든 행동과 말이 하나하나 조심스럽다.

너에게는

한 걸음

너의 한 걸음이 가까워질수록
나는 한 걸음씩 뒤로 물러나
내가 한 걸음씩 가까워지면
너는 한 걸음씩 뒤로 물러나

두려운가 봐
한 걸음 그사이,
우리의 그사이가

다가가면 멀어지는 그런 사이
먼저 서로
다가가지 못하는 사이

한 걸음만 더 다가가면
한달음에 다가갈 텐데….

닿을 수 없는 거리

손을 아무리 내밀어도
잡을 수 없는 거리

노력해도 붙잡을 수 없는
너와의 거리

맘을 다 준다고 해도
너와 닿을 수는 없나 보다

몸과 마음의 거리
도저히 좁혀질 수 없는
너와의 거리

나는 그렇게 오늘도
내일도 닿을 수 없는
거리만 방황하는 듯하다

그 거리 가깝기도 하고

멀기도 한 거리

도착할 수 없는

그 거리를 건나 보다

맥시멀 리스트

많은 것을 가지고 있어야
잘하는 건지 알았다
모든 것을 갖지 못하면
불안하다 생각했다

목구멍까지 차오를 때까지
꾸역꾸역
모든 것을 채웠다

그렇게 넘치고,
흘러버리고,
토해내고
울어보니

가질 수 없는 것은
놓아주는 것이,

고인 물은

썩는다는 것이

당연하다는 것임을

감당할 수 없었음이

그렇게 다가온다.

향

사람마다
그 사람에게 향이 난다

꽃 향이 나는 사람
쿰쿰한 향이 나는 사람
밝은 향이 나는 사람
어두운 향이 나는 사람
싱그러운 향이 나는 사람

차분한 향이 나는 사람
톡 쏘는 향이 나는 사람
건조한 느낌의 향이 나는 사람
자극적인 향이 나는 사람
바다의 향이 나는 사람

나는 무슨 향이 날까
무슨 향으로 기억되고 싶은 걸까?

태산

태산이 높다 하되 하늘 아래 뫼이로다
오르고 또 오르면 못 오를 리 없건마는
사람이 제 아니 오르고
뫼만 높다 하더라

하지만 그 태산이 너무나 높은 것을
잠을 줄이고 노는 것을 줄이고
오르고 또 오르지만, 내일을 향해
걷고 뛰고 달리고 하지만

올라가는 연봉 속도보다
올라가는 물가 상승률이 높고
올라가는 부동산 가치가 높아지고
올라가는 기준의 높이가 계속 오르니

하늘 아래 뫼라 하더라도

오르고 또 오른다고 해도

태산 앞에 서서 계산해 보아도

그 끝이 보이지 않아서

높다고만 할 수밖에 없음을

금요일

월요일은 너무 멀고,
화요일은 아직 멀고,
수요일은 조금씩 가까워지고,
목요일은 거의 다 왔고,
그리고, 드디어 금요일!

매주 반복되는 소소한 기다림,
아침 출근길, 커피 한 모금 부스트
최대한 버티기를 마음속으로 외치며 시작된 하루.

사무실의 시계는 마법처럼 느리게 흐르고,
컴퓨터 화면 속 숫자들은 춤을 춘다.
하지만 금요일엔 그 모든 게 아름답게 보여,
주말의 문턱에서 살짝 엿보는 행복.

금요일의 마법, 주말의 기대감.

상상만으로도 벌써 가슴이 뛰는걸,

오후엔 시간이 조금씩 빨라지기 시작해,

일의 속도도 함께 가속도를 붙여.

퇴근 시간이 가까워 오면,

마음은 이미 주말 모드.

그리고 마침내, 사무실을 나서는 순간,

금요일 밤의 서막이 열린다.

3.

어둡지만 빛날

빛날

그렇게 반짝이지 말았어야 했어요
어둠 속에서 나의 맘을 밝히며 떠난 사람
빛으로 안겨주며, 설렘을 가져간 사람

그렇게 반짝이지 말았어야 했어요
별처럼 빛나던 그대의 웃음을 잊을 수 없어
어둠에 가려진 하늘을 바라보며
오늘도 그대가 오지 않을까 기다립니다

그렇게 반짝이지 말았어야 했어요
별처럼 밤이 지나고 떠날 것이라면
손을 뻗을 수 없는 곳에서 서성이는 것이라면
그렇게 반짝이지 말았어야 했어요
떠나간 그 빛,
나는 오늘도 잊을 수 없네요

봄

꽃이 지고서야 봄인 줄
알았습니다.

편안함과 수수함 속에 오는
안정감
사소한 관심과 따뜻함을
그 때는 알지 못했습니다.

추운 겨울을 맞이하니
함께 함 속에 피어나는
행복이었음을 느끼게 됩니다.

따뜻함, 평온함, 소소한 행복
그대가 주는 행복이었음을

꽃이 지고서야 봄인 줄 알았습니다.
그대가 봄이었음을

기다림

기다림이 있는 계절 가을
너는 나의 기다림이었나 보다
겨울, 봄, 여름을 지나
일 년을 기다린 농부처럼

나는 너를 추운 겨울
꽃 피는 봄, 뜨거운 여름을 지나
우리가 만날 그날을 기다렸나 보다

그 기다림이 너라는 것을
기다렸나 보다

가을

가을이 내리던 날, 내 마음에도 너를 내린다.
아름다운 단풍이 떨어지면서 끝나가는 계절,
우리도 그렇게 끝이 보이는 것 같다.

바람은 서늘하게 스쳐 가고,
어둠은 조용히 내리면서 시작되는 밤
내 안의 그 마음은 마치 어둠과 같아.

눈을 감은 듯 보이지 않은 어둠과 같지만,
눈을 뜨면 새로운 시작이 보이겠지.
밤이 오고 아침이 오는 것처럼,
가을이 가고, 겨울이 오고, 봄이 오는 것처럼.

가을이 내리던 날, 내 마음에도 너를 내린다.
올겨울은 유난히 길 것 같지만….

오해

나는 항상 이해를 바랐는데
너는 오해를 했던 것 같다.

너는 항상 이해를 기대했는데
나는 오해를 했던 것 같다.

너의 시작이 나의 끝이었고
나의 시작이 너의 끝이었다.

우리는
그렇게 멀어졌나 보다.
우리는 그렇게
......
이해와 오해 간극을 줄이지 못했나 보다.

둘 중 하나

사람들은 늘 이해나
오해 중에 하나를 선택한대

이해하고자 하면 뭐든
이해할 수 있는 말이고
오해하고자 하면 뭐든
그렇게 보인다는 거지

둘 중 하나
오해하거나
이해하거나

모음 하나 차이
마음 하나 차이

파도, 바람

파도는 내 마음에 밀려와
잔잔한 마음에 흔들림을 주었다

잔잔함이 모여 폭풍이 되었고
나비의 날갯짓이 모여 태풍이 되었다.

마음에 파도치듯 휩쓸리며
폭풍 속 나룻배처럼
마음에 바람 치듯 휩쓸리며
태풍 속 가느다란 나무처럼
위태롭게 서 있다.

그녀는 내 마음은 파도가 되어
그녀는 내 마음에 바람이 되어
웃음을 주기도, 울음을 주기도
행복을 주기도, 불행을 주기도

소금빵

눈에서 흐르는 소금으로 빚은 소금빵,
그대 생각만 하면,
언제나 소금이 흐른다.

방금과 같았던
지나간 시간, 행복했던 순간,
돌이킬 수 없는 지금이지만
그대와 함께한 소중한 순간들
영원히 남아 흐르는 소금으로
소금빵을 굽는다.

눈부시게 빛난 그대를 생각하며,
조금은 기억해 주길 바라며,
흐르는 소금으로 소금빵을 굽는다.

시간

모든 일에는 시간이 필요하다.
일하는 시간
밥 먹는 시간
휴식 시간
상처가 치유되는 시간

몸에 난 상처도
회복에 시간이 필요한데

마음에 난 상처는
얼마나 시간이 필요할까

나는 몰랐다.
그냥 강하게 누르면 지나갈 줄 알았는데
다른 것에 몰두하면 지나갈 줄 알았는데

이별에는 시간이 필요했다는 것을….

봄 그리고 겨울

봄이 오겠지만 기다리기 어려운,
끝없는 겨울처럼 느껴지는 이 시간에
행복을 바랐지만 참 어려운 일이야

나뭇가지에 눈이 쌓이고 바람이 부는데
이 무게에 버티기 어려워
끝이 없이 이어지는 어둠과 추위에
마음은 외로워져 가고

봄이 올 것 같았지만 기다림은 끝이 없어
바라는 것이 이루어질까 두려워
하지만 어려움을 이겨내는 순간에
참된 행복을 느낄 수 있을지 몰라

그래, 지독한 겨울도 언젠가 끝나고

봄이 다시 찾아올 테니까

그때까지 버텨내고, 희망을 가져 보자

그리고 행복이 찾아오기를 기다려 보자

구멍 난 마음

구멍 난 마음에 바다를 채워도,
그 끝없는 목마름을 달랠 수 있을까,

구멍 난 마음에 하늘을 채워준들,
그 공허함을 달랠 수 있을까

별을 따다 줄 수 있었고,
달을 선물했어
우주가 보고 싶다고 했을 때,
우주가 되어 주었어

하지만, 그렇지만,
흘려보낸 마음은 바다를 떠돌았고
품었던 하늘은 비가 되어 내렸어

나는 어떻게 그 구멍 난 마음에
한곳을 메우지 못했을까

감기

참 지독하다
그렇게 더는 힘들다고
그렇게 가라고 했는데
뭐가 좋다고
그렇게 있는지

지겹게 눈물 콧물 흘리고
가슴에 열이 나도
그렇게 있더라

이젠 끝이라고
더는 아니라고
말을 해도

지독한 감기처럼
시간이 지나도 남아있는

떠나가기 힘든,

잊히지 않는,

마음의 감기

잡아줘

내가 놓으면, 희미해지는 관계,
그 무게를 알면서도, 부정하면서도
그 끝에서, 오늘도 매달려 있다.

내가 놓으면, 먼지처럼 사라질 관계,
불완전한 사랑 속에 혼자 서 있으면서도
흔들리는 중심을 잡으려 애쓰며
그 끝에서, 오늘도 서 있다.

너를 간절히 기다리며,
아무 의미 없어 보이는 관계 속에서
나는 오늘도, 너를

우리의 결말

끝내 어긋난 소망처럼
노력했음에도, 서로의 손길
닿지 못한 채 허공을 맴돈다.

각자의 방식으로 사랑을 쏟아내며
최선을 다했지만,
서로의 감정은 다른 바다를 행해 떠돌아
결국 만나지 못한 채 마음을 맴돈다.

마주한다는 것이
같은 곳을 걸어간다는 것이
언제나 행복만은 아니라는 것을
우리는 아프게 깨달았다.

함께 했던 희로애락의 감정을
추억으로

함께 했던 시간과 공간을

추억으로

이제는 어쩌면,

그대를 추억으로

욕심

돌이켜보니, 그건 사랑이 아니라
욕심이었다.
마음 깊숙한 곳, 자리 잡은 건
진정한 네가 아닌, 나의 욕망이었다.

이기심이 네 모습을 가렸고,
내 욕심이 너를 덮었다.
진정한 네가 아닌,
내가 바라는 너를 사랑했나 보다.

사랑이라 여겼던 순간들이
그저 나의 욕심이었음을,
네가 아닌 나를 위한 사랑이었음을….

미련

인연인 줄 알았는데
미련이었네
우리의 그 만남이
그 순간이

바람에 느껴지는 순간들
마주쳤던 풍경들
눈으로 보고 마음으로
느꼈던 그날들이
이제는
아련해지고……

이제는
단념해야겠지

추억은 추억으로

인연은 체념으로

그렇게 또 그렇게……

4.

핑크빛 상처

시작하지 못한 끝

아니라고 느끼는 순간
시작하지 못하는 건지,
그래도 이렇게 만나는 게
아쉬움인 건지
그냥 아니라고만 하는 너

그런 모습을 볼 때마다
자신이 없다
돌아보면 용기가 부족했던 건지
신뢰가 부족했던 건지
마음으로 행동으로
보여줬던 것 같은데
시작보다는 끝을 외치는 너

끝내려는 너와
시작하고 싶은 나

서로의 입장은 참으로

달랐나 봐

시작조차 못 한 채

마주하게 된

그 끝

진짜 끝이라는 게

조금씩

하나씩

느껴지는 것 같아

시작하지 못한 그 끝

갈증

마음의 공허에 채울 수 없는
물을 마신다.
마시면 마실수록 목이 타는
소금물처럼
시간이 지날수록, 마음이 커질수록
더 타버리는 그 갈증

사랑을 바란 건 아니었다.
그냥 옆에 있는 것이 좋았을 뿐

하지만, 우리의 관계는
채울 수 없는 갈증으로 가득 찼다,
너의 마음을 이해치 못했고,
사실 내 마음도 잘 몰랐다
그저 그 갈증을 느끼며 존재했을 뿐

끝없는 바다처럼,

끝없는 우주처럼,

서로의 마음속에 자리한 갈증을

달래보려 해도 해도

오히려 더 깊은 갈증만 남겨,

오히려 더 깊은 갈등만 남겨.

판도라

가끔, 모르는 것이
좋은 것 같다고 생각한다.
진실을 마주한다는 것이
얼마나 무거운 무게임을

사실은 보고 싶지 않았다.
그 잠깐에 불빛을
사실은 알고 싶지 않았다.
그 앨범 속 사람을

그냥 묻지 않고 싶었다.
그냥 모른 척하고 싶었다.
알면서도 모르게
애써 외면하며

그 비릿한 진실을

마주할 용기가 없었는데
눈과 귀와 마음을 닫았는데
그냥 모르고 있는 것이
더 좋았는데

나도 모르게 보고 말았다
알게 되었다 느끼게 되었다
그 진실을

판도라의 상자가 열리듯,
무심코 드러난 진실 앞에
난 서 있다.
알고 싶지 않았던 것들을
이제는 알아버린 나

때론 진실은
아름다운 거짓보다 무겁고,
역하다는 것을
......

모래성

내가 굳건하게 믿었던 성,
하나하나 조심스레 쌓아 올린
보기에는 근사하고, 단단해 보였으나
그 미묘한 우리의 관계는
모래로 빚어진 모래성이었나 봐

잡으려 할수록 흘러내리고
한 줄기 파도에 흔적 없이 사라지는
그런 관계였나 보다

조심스럽게 한 층 한층 쌓아가도
결국 부서질 운명의 모래성
작은 파도에, 작은 바람에
스르륵 무너지는 그런 모래성

엎질러진 물

엎질러진 물
이미 흘러간 시간을 바라보며
열심히 닦아내려 해도
얼룩은 더욱 선명하게 번져만 간다.

노력해 봐도, 결국 상처만
더욱 깊게 파여버린 듯하다.

그때 그 순간이, 그때 그 선택이
이렇게 돌아와
엎질러진 물처럼 얼룩처럼 퍼져간다.

남은 물이라도
지켜보고자
남은 마음이라도
지켜보고자

노력해 보아도

이미 깨진 마음

이미 엎질러진 마음

더욱 얼룩만 짙게 남는다.

너 앞에 서면

아무리 단단히 마음을 감싸도,
아무리 높은 성을 쌓는다 해도
너 앞에 서면
한 줄기 바람에,
가벼운 파도 한점에 쉽게 허물어지는,
이 마음

너 앞에 서면,
산맥을 울리는 메아리처럼,
바다에 파도를 일으키는 물결처럼,
세상을 바꾸는 태풍의 날갯짓처럼,

나는
너의 한숨에 흔들리고,
너의 연락에 설레고
너의 웃음에 무너져 내리는 것 같아

너 앞에 서면

왜 이렇게 흔들리고

쉽게 무너지는지,

폭풍처럼 요동치는지

그냥 너 앞에 서면

가끔은 그런 사람이었으면 해

가끔은 그런 사람이었으면 해
오늘 문득 생각나는 사람
오늘 무엇을 먹었는지 궁금한 사람
오늘 어떤 하루를 보냈는지
그저 그냥 묻고 싶은 사람

머릿속을 스치다가
뜬금없이 연락하고 싶은 사람
궁금하고 물어보고 싶은 사람 말이야

너는 이미 잊었을지 몰라도,
나는 아직 궁금해
너의 평범한 일상이
너의 소소한 소식들이
그래서 그냥 가끔은
그냥 그런 사람이었으면 해

이것이 욕심인지, 미련인지

아니면 후회인지,

모든 감정이 뒤섞어

스스로도 이해할 수 없는

복잡한 마음이지만

그래도 단지, 가끔은

그냥 그런 사람이었으면 해

지우개

가끔은 기억의 지우개가 있었으면 좋겠다는
생각을 해 본다.
어제 먹은 점심은
방금 했던 미팅은
잘 생각이 안 나는데

우리의 마지막은
그 기분,
네가 남긴 온기와 숨결이
오늘도 나를 덮는다.

너와 함께 갔던 식당
나란히 걸었던 길
함께 쌓아 올린 순간들
아직 내 눈 앞에 선명하게 숨 쉬는데

기억의 지우개가 있다면
조금씩 지우고 싶다
이제는
그렇게 조금씩

마음을 다잡으면서
그렇게 밤을 지새우면서
잡히지 않는 너를 지우면서
이제는
그렇게 조금씩

끝으로 가는 마음

궁금증이 사라진다는 것,
그대에 대한 마음이 멀어지는 걸까요.
오늘 하루, 그 사람에 대해
더 이상 궁금해하지 않다는 것,
우리 사이가 조금씩 멀어지고 있다는 것일까요?

지난밤 잠은 잘 잤는지,
출근은 잘했는지,
점심은 맛있게 먹었는지,
하루는 어떻게 흘러갔는지,
그대의 소소한 하루가
작은 일상이 궁금했는데

이젠 그대의 하루가 어떠했는지
점점 덜 궁금해진다는 것,
내 마음이 서서히 식어가고 있다는 걸까요.

오지 않는 문자, 오지 않는 전화

내가 모르는 그대의 하루가 더 많아져 가지만

그저 무덤덤하게 살아가는 것,

그것이 우리가 식어가고 있다는 증거일까요.

더 이상 궁금하지 않다는 것이

더 이상 알려주고 싶지 않다는 것이

끝으로 가는 마음일까요.

눈물

무언가가 터질 듯,
가슴 한 칸이
조용히 무너져 내릴 때
그냥 눈물이 흘렀다.

흐르는 눈물처럼
흐르는 시간처럼
흘러가는 우리인 것 같아서

뚝뚝, 마음의 지붕을 두드리는
미련의 눈물방울들,
오늘 떨어지면
이 방울이 떨어지면
정말 끝인 것 같아서

그냥, 어쩔 수 없이
나도 모르게 눈물이 흘렀다.

이 깊은 마음을 담아낼 언어 찾지 못해,
이 복잡한 감정의 실타래
어떤 말로도 풀어낼 수 없어서

표현할 길 잃은 마음이
오직 눈물로 말하는
마지막의 무게를 견디며,
눈 끝에 그렇게 매달려 있다.

자연스럽게

우리, 서서히,
조금씩만 멀어졌으면 좋겠다.
한 발자국씩만
갑작스러운 이별 대신
자연스럽게
그냥 조금씩, 조금씩

봄에서 여름을 지나
가을, 겨울이 오듯,
우리의 관계도 서로에게 차가워지길
그러나 서두르지 않고,
천천히, 천천히

시간의 흐름에 따라
서서히 잊히는 것처럼,
한겨울 눈처럼 스르륵 녹아

내리는 것처럼
그렇게 자연스럽게
멀어져 가고 싶어.

잊혀 가는 그 순간을 향해
담대하게 마주 할 수 있는
순간을 향해,
조금씩, 조금씩

아주 자연스럽게

더 이상

더 이상 궁금해하지 않을게,
오늘 몇 시에 일어났는지
오늘 무슨 옷을 입었는지
점심은 먹었는지
너의 하루를

이제 더 이상 궁금해하지 않을게,
바뀐 너의 프로필 사진을
네가 올린 인스타 스토리,
어떤 친구와 시간을 보냈는지,
누구와 웃으며 이야기를 나눴는지도.

진심으로, 이제 더 이상 답장하지 않을게
너의 카톡을
너의 문자를
너의 전화를

모두 멈출게

우리는 이제
친구도, 연인도 아니니,
이젠 정말로,
그만둬야 해.

더 이상해지기 전에
우리의 관계가 더 이상해지기 전에
내가 더 이상해지기 전에
......

5.

별빛 달빛

달빛에 비친 내 마음

끝없이 빛나는 달을 바라보면
달과 같이 빛나는 네가 생각나
마음속에서도 항상 빛나는 모습
달빛 아래서 조용히 내게 다가와.

그 모습에 언제나 설렘을 느끼고
어디에 있어도
마치 달빛을 따라 움직이듯
"지금도, 나는 너를 보고 싶어"

빛나는 달빛을 따라
언제나 네게 다가가고 싶어

바다

바다의 파도와 함께
한없이 흘러가는 시간을 살고 있지만
문득 넓은 바다 위에 내 눈길이 멈추었다.

어둠 속 바다를 헤매는 나에게
다가오는 달빛
꽃처럼, 꿈처럼
내 마음은 그대 아름다운 빛에
이미 빠져버린 것 같다

내 마음은 바다처럼
끝없이 넓은 세상을 헤매고 있지만
그대처럼 밝고 따뜻한 소중한 것들을 보면
그 작은 순간도 함께 간직하고 싶다.

보름달

저는 보름달이 좋더라고요
어둠을 밝혀주는 환한 빛처럼,
어두운 밤하늘에서도 빛나는,
그런 따뜻한 마음을 가진 사람처럼.

저는 보름달이 좋더라고요
투박하지 않고 부드러운 둥근 모습으로,
항상 밝은 웃음을 머금고 있는,
그런 사람처럼.

저는 보름달을 좋아하나 봐요.
한 달에 단 한 번만 볼 수 있어도,
그 환한 밤은 잊을 수 없어서.

오늘도 이렇게,
초승달을 지나

그믐달을 보내고

보름달 네가 뜨기만을 간절히 기다리며.

붉은 달

그녀의 술 냄새,
술 한 잔에 얼굴이 달아올라,
한잔 더, 그녀의 입가엔
웃음이 피어나고 얼굴은 붉게 물들어

그녀의 술 냄새, 달콤하면서도
지독한 듯, 바람을 타고
가을을 타고 밤을 타고
퍼져나가

그녀의 술 냄새, 술 한 잔에
붉은 얼굴,
취해드는 듯한 그녀의 미소
오늘은 붉은 달이 떴나 보다.

봄

그대를 봄으로 인해

봄을 느끼고

따뜻함을 느끼고

사랑을 느끼는 것 같아

봄이 오듯, 나에게 와준 그대에게 감사하며,

봄처럼 따스한 그대에게 감사하며,

앞으로 함께 꽃길을

그대의 꽃으로

내 마음에 봄날의 꽃을 피워

그대는 나의 봄, 나의 꽃

나의 행복

닮아간다는 것은

닮아간다는 것은
그만큼 너를 좋아한다는 것이겠지
너의 말투
너의 행동
나도 모르게 따라 하게 돼

닮아간다는 것은
그만큼 너를 좋아한다는 것이겠지
그런데
내가 좋아하는 만큼
네가 좋아하는 마음
다른 것 같은데

그래도
나는 오늘도 내일도
너를 닮아간다

마음이 달아도

그렇게 달지는 않아도

그렇게 이렇게

너를 만나러 가는 날

너를 만나러 가는 날이면,
가슴 속 설렘이 차오르는 걸.
어디로 발길을 옮길지,
무슨 맛있는 것을 같이 나눌지,
우리가 함께할 수 있는 일들,
어떤 옷으로 너를 만날지.

너의 미소가 떠오르는 그 곳,
너의 취향을 채울 그 맛,
함께하면 더 즐거운 그 모든 것,
이 옷, 저 옷 앞에서 수없이 망설이다
결국 너를 생각하며 하나를 골라.

너를 만나러 가는 날이면,
마음은 벌써부터 행복으로 가득 차.
그날의 기대감에 잠 못 이루며,

너와의 시간을 그려보는 것만으로도
두근거림이 가득해.

너와 나눌 이야기, 너와 걸을 거리,
모든 순간이 소중하고 꿈같아.
너를 만나러 가는 날이면,
세상의 모든 색이 더 밝게 느껴지는걸.

눈빛

오늘 빠져나갈 수 없다면
내일이라도 갈게요
그 두 눈을 보면
그대와 오늘을 함께 하고 싶어

그렇게 예쁜 눈으로
웃지 마요

검은 눈동자
두 눈을 본 순간
나는 나갈 수 없어

희로애락

같은 것에 웃고
같은 것에 화내고
같은 것에 슬퍼하고
같은 것을 즐기는
그런 감정들

그렇게 감정을 공유하고
마음을 공유하고
서로를 느끼나 봐

둘이서
바라보는 세상의 감정들
혼자보다는
소소한 것들이중요하게
작은 것들이
너 크게 다가와

같은 것에 웃고
같은 것에 화내고
같은 것에 슬퍼하고
같은 것을 즐기는
그런 감정들

같은 것을 보고
같은 감정을
느낄 수 있다는 것이
이게 바로 사랑이
아닐까 하는 생각이 든다.

눈

눈 내리는 날
눈이 왔다고 아이처럼 신나 하는
너의 눈을 보면
흰 눈처럼 밝은 세상이 보여
너의 눈을 통해 눈을 봐

눈 내리는 날
하늘에서 내리는 눈을 보며
아름답다고 말하는
너의 눈을 보면
눈보다 밝게 웃는
아름다운 네가 보여

눈 내리는 날
눈보다는 너를 더
보고 싶은 날

소소한 행복

맛집을 찾아 헤매고,
예약의 번잡함 속에서
큰 기쁨을 찾으려 했었지,
하지만 너와 함께라면 그런 것들이 아니더라.

편의점에서 고른 만두 한 봉지,
집으로 배달된 따뜻한 음식,
그 소소한 행복들,
격식 따위 필요 없는 순간들.

팬시한 칵테일, 와인, 위스키
분위기 있게 즐기는 것보다
퇴근 후에 가볍게 맥주 한 잔이
너와 나누는 이 작은 순간이
가장 큰 기쁨이더라

약속을 정하고 만나서
특별한 것을 하는 것보다
그냥 소소하게,
잠깐이라도 매일 만나는 것이
그게 정말 행복이더라

그 소소함이
정말 큰 행복이더라

6.
미지의 빛

하루살이

오늘도 난 하루를 산다
하루가 모여 이틀
이틀이 모여 한 달
한 달이 모여 일 년
일 년이 모여 인생이 되지만

하루에 선택과 판단
하루살이인 것처럼
그렇게 오늘도 하루만 산다.

도파민

커피 담배 술
게임 섹스
웃고 즐기는
찰나의 시간

깊은 어둠
끝이 보이지 않는 터널
심해 깊은 바다

순간 즐거움
뒤늦은 공허함
도파민

잡초

마음속에 몰래 자리 잡은
그 무수한 잡초들
부정과 허망, 근심, 고통
무성하게 자란 잡초
내내 몰랐던 것들.

무지의 그늘 아래
잡초만큼 자라나
꽃을 피우기엔 어려웠나 보다,
마음의 꽃밭에

미숙함과 미련함에
꽃을 보지 못하고
무수한 잡초들만….

두 글자

두 글자이지만
무한대처럼 늘어나는

순간 선택이 만들어 내는
바다보다 깊고
우주보다 넓은 두 글자

오늘도 두 글자를 적어 내려가지만
그 무게가, 그 깊이가
아직은 잘 모르겠다.

인생이란 두 글자는
아직은 잘 모르겠다.

불완전하게 떠 있는 별

반짝이는 별들 옆에
홀로 떠 있는 별
불완전하지만 그래도 반짝이고 싶다.

하늘에 떠 있지만 언제든지 떨어질 수 있는 별
바닥에 있는 게 오히려 편할지 몰라
그래도 힘겹게 오늘도 떠 있다.

내일 떨어지더라도
내일모레 떨어질 수 있어도
그렇게 그 자리에 서서
빛나길 하루도 힘내본다.

외발자전거

외발자전거 위, 마음을 싣고
험난한 길을 달립니다.
좌우로, 불안정한 균형을 잡으려 애쓰며,
한쪽으로 치우치면 곧장 쓰러질 것만 같은
그 위태로운 외발자전거 위에 나 홀로 서 있습니다.

바람이 불어올 때마다
휘청이고, 불어오는 걱정들 사이로
균형을 잡기 위해 끊임없이 노력합니다.
오늘도, 불확실한 미래를 향해,
그렇게 힘겹게 나아갑니다.

그렇게 나는 오늘도,
달려갑니다.
외발자전거 위에서 위태롭게
균형을 잡아가며,
여정을 계속해 나갑니다.

사람은 변하지 않는다

사람은 변하지 않는다.

(쉽게)

살아온 습관과 경험들을

하고 싶은 것만 하다가

하기 싫은 것을 하기가

자고 싶을 땐 조금 더 자고

미라클 모닝보다는

늦잠 자기

시원한 맥주 한 잔

땀 흘리는 운동보다는

치맥 한 잔

답답함과 스트레스를 날려줄 담배 한 모금

금연보다는 결심보다는

흡연을

도파민을 자극하는 쇼츠 릴스

독서보다는 마음의 양식보다는

SNS

내가 좋아하고 매일 하던 것들을

하나씩, 조금씩

바꿔 나간다는 게

얼마나 힘든 것인지

사람은 변하지 않는다.

(쉽게)

그래도 오늘도 해 본다.

(어렵게)

추억

오늘도 추억을 먹고 산다.

우리가 함께했던 순간들

기쁘고 화내고 슬프고 즐거웠던

서로 감정을 나누었던 순간들

그 내 글자를 가지고

오늘도 내일을 살아간다

오늘도 지나면

내일의 추억이 되겠지

그렇게 추억을

함께한 사람들이

추억이 되겠지

오늘도 배고픔에

추억을 먹고 산다.

외톨이

무리 속 외톨이,
혼자 떠돌아 방황하는 듯.
모두가 다 향한 길 위에서,
혼자 걷는 외톨이

언제나 흘러가는 강무리
나는 그 흐름에 맞서.
거슬러 오르는 연어

무릎을 힘겹게 꿇고,
바람에 이끌려 나가며,
외톨이의 길은 언제나 외롭다.
고독함이 나를 따라온다.

나는 외톨이
언제나 그렇게

선택과 집중

살다 보면 항상 선택을 강요받기도
하는 것 같다
선택에 따라서
작은 것 혹은 큰 것 그리고
인생까지 바뀌기도 한다.

선택을 할 때
때로는 과감하게
때로는 신중하게
결정해야 하는데

비트가 1억을 찍을 때도
나는 투자하는 선택을

친구와 오해로 다툴 때도
나는 오해를 풀 수 있는 선택을

그대가 떠난다고 했을 때도
나는 잡는 선택을 하지 못했다.

투자를 감행할 용기가 없었고
오해를 풀 용기가 없었고
잡아 볼 용기가 없었다.

선택과 집중을 하지 못했다.
그냥.....
하지 못했다.

만가지보다는 한가지

꾸준한 게
제일 대단하고
멋지고 힘든 것 같다

만 가지의 발차기를 할 줄 아는 사람보다
한 가지 발차기를 만 번 한 사람이 두렵다는
브루스 리처럼

꾸준하게 그 자리에서
비가 오나, 눈이 오나
우직하게
그 자리에 설 수 있는 사람이

오늘도 배운다
그 꾸준함을

시간

지난 시간에 대한 한탄은 이미 지나간 것,
시간에는 소급효가 없다.
지금, 이 순간도 지나고 있는 것,
끝없이 흘러가고 있는 것.

하지만,
물씬 스며든 추억의 향기
그 향기에 코시울이 붉어져,
무심코 날아간 순간들,
다시 돌아올 수 없는 순간들이지만.
그리운 그 순간의 따스함,
설렘, 기쁨, 행복을 잠시 뒤돌아본다.

길목

선택의 길목에서
후회마저도 성장의 한 조각이라 깨닫는다.
경험하지 못한 진리들은
본다 해도 느끼지 못할 때
미지에 머문다.

빛을 보지 못한 이에게
눈부신 광채를 어떻게 설명할까?
어둠을 경험하지 못한 이에게
그 심연의 깊이를 어찌 이시킬 수 있을까?

겪어보지 않으면 모르는 이야기들,
선택하고 후회하며,
그 속에서 조금씩 성장해 가는 거지,
그 길목에서 길을 찾아가는 거지

나무처럼

햇빛 쨍쨍한 날에도, 바람 쌩쌩 부는 날에도
눈이 내리거나, 비가 쏟아지거나
끄떡없이 서 있는 나무처럼

기쁨에 활짝 웃고, 분노에 눈살 찌푸릴 때도
슬픔에 눈물 흘리고, 즐거움에 가슴 벅찰 때도
감정에 휘둘리지 않는 나무

내 감정이 나의 태도를
결정하지 않는
그런 사람

감정의 풍파 속에서도
우직하게 굳건하게
흔들리지 않는
그런 사람

전사

각자의 자리에서, 우리 모두는
오늘을 살아가는 전사들,
새벽의 첫 빛과 함께 시작된 여정,
저녁노을에 안겨 퇴근하는 순간까지.
시간의 흐름 속, 방향은 제각각이어도,
내일을 위한, 오늘의 발걸음은 멈추지 않는다.

가끔은 지칠 때도, 넘어질 때도,
서로를 바라보며, 손을 내민다.
우리 모두, 각자의 자리에서,
치열한 삶의 무대 위에서 최선을

후회하지 말자,
힘들어도, 결코 포기하지 말자.
그렇게, 각자의 자리에서,
오늘도, 우리는 전진한다.

맡은 바 역할에, 소망하는 꿈에,

목표를 향해, 한 걸음씩, 꾸준히.

각자의 자리에서,

오늘도 우리는, 함께, 그리고 혼자서, 강하게 살아간다.

전사처럼

맺음말

시를 쓰는 행위가 때때로 숨겨진 일기장을 세상에 드러내는 것처럼 느껴져, 부끄럽고 창피한 순간들이 있었습니다. 그럼에도 불구하고, 일상에서 느끼는 작지만 깊은 감정들을 글로 옮겨 담는 과정에서, 오늘도 삶의 무게에 고민하고, 아픔을 겪으며, 내일을 향해 노력하는 모든 이들에게 시가 단순한 문장들을 넘어서는 따뜻한 위로와 포옹이 되길 바라는 마음을 담았습니다.

제목 아직 미정입니다만
이 시집처럼, 자신의 인생 이야기에 제목을 하나씩 추가해 나가고 있는 모든 이들의 앞날에 행복과 축복이 가득하기를 진심으로 기원합니다.

시를 쓸 수 있도록 영감을 주시고 감정을 느낄 수 있게 해 주신 모든 분들께 정말 감사한다고 전하며
마지막 응원이라는 시로 끄적임을 더하고 싶습니다.

응원

여기 응원해 주는 사람이 있습니다.
남들은 모를지라도
매일은 아니지만 가끔이라도
여기 그대를 응원해 주는 사람이 있습니다.

밥을 먹었는지
힘들지는 않은지
오늘 어땠는지
당신의 안부를 묻는
여기 응원해 주는 사람이 있습니다.

그냥 멀리서 묵묵히
당신의 행복과 건강을 위해서
나보다 가끔은 그대를 생각하는
그런 사람 여기 있습니다.

제목 아직 미정입니다만

초판 1쇄 발행 2024년 4월 22일

지은이   한스

디자인   포레스트 웨일
펴낸이   포레스트 웨일
펴낸곳   포레스트 웨일
출판등록   제2021-000014 호
주소   충남 아산시 아산로 103-17
전자우편   forestwhalepublish@naver.com

종이책   979-11-93963-06-7

작가님들과 함께 성장하는 출판사
포레스트 웨일입니다.
작가님들의 소중한 원고를 받고 있습니다.
forestwhalepublish@naver.com